你从未读过的

世界童话

聪明的草原狼

3

[日]矢崎源九郎　主编

珞珈　译

人民东方出版传媒
People's Oriental Publishing & Media
東方出版社
The Oriental Press

图书在版编目（CIP）数据

聪明的草原狼 /（日）矢崎源九郎　主编；珞珈　译．
—北京：东方出版社，2018.4
（你从未读过的世界童话）
ISBN 978-7-5060-9579-2

Ⅰ．①聪…　Ⅱ．①矢…　②珞…　Ⅲ．①童话—作品集—日本—现代
Ⅳ．① I313.88

中国版本图书馆 CIP 数据核字（2017）第 076112 号

KODOMO NI KIKASERU SEKAI NO MINWA 3
edited by Genkuro Yazaki

你从未读过的世界童话：聪明的草原狼
（NI CONGWEI DUGUO DE SHIJIE TONGHUA：CONGMING DE CAOYUANLANG）

编　　者：［日］矢崎源九郎
策 划 人：吴常春
译　　者：珞　珈
产品经理：常博阳
责任编辑：姬　利　常博阳
责任审校：刘越难　曾庆全
出　　版：东方出版社
发　　行：人民东方出版传媒有限公司
地　　址：北京市东城区东四十条 113 号
邮　　编：100007
印　　刷：小森印刷（北京）有限公司
版　　次：2018 年 4 月第 1 版
印　　次：2018 年 4 月第 1 次印刷
印　　数：1—5000 册
开　　本：889 毫米 ×1094 毫米　1/32
印　　张：2.875
字　　数：80 千字
书　　号：ISBN 978-7-5060-9579-2
定　　价：36.00 元（精装）
发行电话：（010）85924663　85924644　85924641

写在前面的话

❤《你从未读过的世界童话》系列丛书是我们精选了世界上很多国家和民族的童话、民间故事根据不同的主题编辑而成的。

❤这些故事千百年来通过人们的口口相传，流传至今。从中我们可以看到世界上不同民族的人们的美好心灵。

❤在选编过程中，我们秉持了“不重复、多覆盖”的原则，尽量选择了人们不常听闻却极富民族特色的故事。

❤在目录的后面，我们还附加了一张世界地图，每个故事的发源或流传地区都会在地图上标示出来。小朋友们可以先读故事再看地图，也可以先看地图，再找到你想读的故事。故事的最后，我们会对这个故事流传的国家、地区做一个简单的介绍。我们期望，小朋友们在聆听或阅读这些童话故事的同时，也能拓展国际视野，增强对世界的认知。

目录

目录

摘月亮 47
（冰岛）
可怜的恶魔
（瑞典） 19
骗过恶魔的伊万
（白俄罗斯） 23
欧洲
玛茜卡与十二月
（斯洛伐克） 73
打虎英雄 31
（朝鲜半岛）
亚洲
农民智斗阎王
（中国） 57
放牛郎与法官 43
（波黑塞族共和国）
吹笛岩 11
（中国海南岛）
非洲
神奇的二胡
（越南） 1
田螺王子 63
（马来西亚）
大洋洲
北
西
东
南

本书收录的童话与民间故事流传的地域

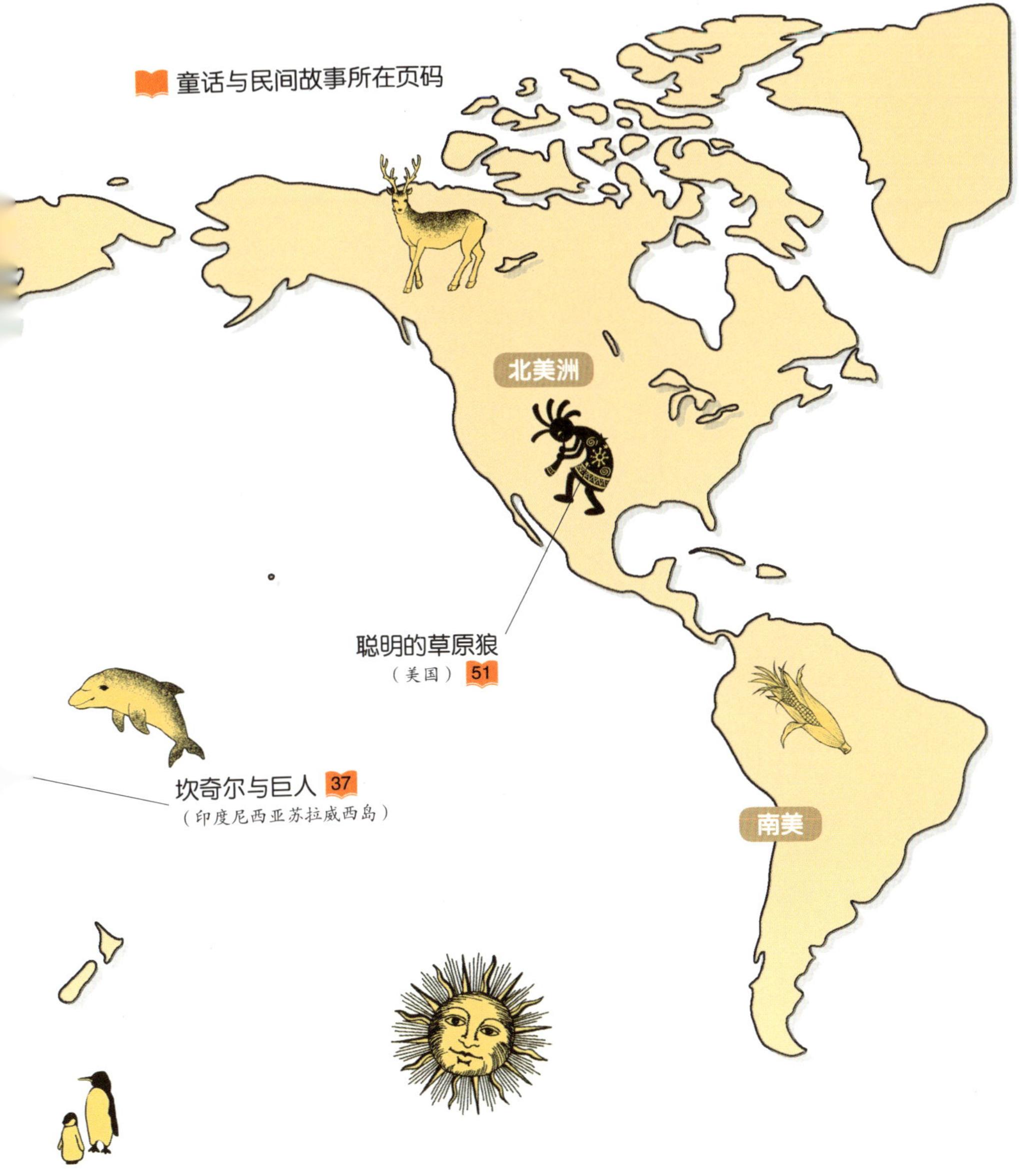

神奇的二胡

（越南）

很久很久以前，有两个朋友彼此以兄弟相称，和睦地生活在一起。

有一天，他们一起去山里打猎。突然一只从未见过的大鸟哗啦哗啦地从他们的头顶上飞过。哥哥立即弯弓搭箭，就要射那只大鸟。

“等等。你看那只大鸟！”弟弟喊道。

兄弟俩仔细一看，那只大鸟的脚爪上似乎抓着一个人。要是一箭射过去的话，那个人可能就没命了。见状，兄弟俩决定追踪那只大鸟。他们翻山越岭，紧追不放。终于在他们精疲力竭，快要跑不动的时候，那只大鸟落了下来，将它的猎物藏在一个洞穴里，然后又展翅冲向天空飞走了。

兄弟俩连忙跑过去打探那个洞穴。洞穴是个竖井，深不可测。

“哥哥，你抓着绳子的这一端，我下洞里去看看。要是那个人还有救，我就给你发信号，你就把这个绳子拉上来。”

弟弟说着，抓住绳子的另一端，嗖嗖地往洞穴底部滑下去。可是洞穴比他想象的要深得多，滑了半天也见不到底。而且越往下滑，洞穴越宽。

哥哥在洞外等着弟弟的信号，左等右等也等不来。不久，太阳落山，夜幕降临，可是还是没有等到弟弟的信号。不知不觉间，东方的天空发白，这时突然听到喧嚣的人声。

“有人看到，那只抓走公主的大鸟就降落在这一带，一定要找到公主！”

“谁找到公主，谁就能得到国王的奖赏！”

“不光是奖赏，还能娶到公主呢！”

哥哥躲在树丛后面，听到他们的话，心想：“莫非……没错！那只大鸟抓到的一定就是公主！”

再说洞中的弟弟，他四处寻找，终于在一块岩石的背后找到了已昏迷的公主。

“快醒醒，快醒醒！”

弟弟说着，抱起公主，找来水喂到她的嘴里。公主终于醒了过来。

“谢谢！谢谢你救了我。这是哪儿？”

可是眼前的公主实在是太漂亮了，弟弟看

呆了，忘记了回答。而公主也对这个年轻人一见钟情。

弟弟把公主带到绳子的那一端，把它紧紧地绑在公主的身上。然后将绳子连续拉了两三下，向洞外的哥哥发出信号。

哥哥终于等来了弟弟的信号，使出全身的力气往上拉。拉呀拉，终于拉了上来。一看，正是美丽的公主。

“没错！她就是公主。我能得到国王的奖赏，还能娶到这位美丽的公主。”

想到这里，哥哥突然将绳子拽了上来，然后用石头和土将洞口封了起来。这时，搜山的人们也会集了过来，哥哥对他们说道：“公主是我救下的。”

哥哥获得了国王的大笔奖赏，还被封为大臣。只是公主坚持说救她的不是这个人，拒绝嫁给他。可是人们没有相信公主的话，只是以为她遭受磨难，有些神志不清，胡言乱语。

再说那个被关在洞中的弟弟，无论他怎么呼喊，也没有人来救他。没有办法，他只能往洞底深处走去，希望能找到出口。

突然，他听到人的呻吟声。弟弟急忙朝有

声音的方向跑过去，发现一个人倒在地上。弟弟连忙救助他，当他醒来时说道：

“谢谢，您是个善良的人。”

“不用谢。我救了你，也不知怎么从这里走出去。”弟弟沮丧地说道。

“不用担心，我为你带路。我是水国的王子，只要有水，我就能找到路。”

水国王子说着朝前走起来。他们顺着岩石间的小溪，走到了宽阔的大海边。看到王子平安回来，水国的国王欣喜万分。

“谢谢你救下王子。作为报答，我把这把宝贵的二胡送给你。”

说着，国王把有点像小提琴的奇异乐器送给了弟弟。弟弟接过二胡一拉，一段美妙的旋律流淌出来，大海停止了波涛，连风也止住了脚步。

就这样，弟弟拉着二胡，开始了自己的孤独之旅。不知过了多久，弟弟走到了一座大城市。二胡美妙的旋律传遍城市的大街小巷，抚慰着每个人的心。人们对这个二胡的演奏者交相称颂，赞不绝口。国王立即吩咐大臣：“传这个二胡的演奏者，我要见他。”

已当上大臣的哥哥见到这位二胡演奏者，

大吃一惊。他不就是那个应该死在洞穴里的弟弟吗？于是他向国王秉告道："据微臣调查，那个拉二胡的人是我们的敌人。建议国王陛下立刻将他处死。"

然后他吩咐家臣抓捕弟弟，要判处他死刑。弟弟向国王请求道："在我临死之前，请让我再拉一次二胡吧。"国王同意了。

弟弟静静地拉起二胡来，醇厚、美妙的旋律沁人心脾，令人如痴如醉。结果，你猜怎么着？行刑的刽子手扔掉了铡刀，看守也变得温和，王宫里顿时洋溢着温暖祥和的气氛。

把自己关在王宫中的公主也听到了二胡的旋律，旋律逐渐变得忧伤哀怨，如泣如诉，仿佛在诉说："公主啊，是谁拯救的你？我无辜受刑，这是为什么呢？"

公主似乎突然明白了。"没错，是他。我就是他救下来的！"

公主赤足爬上行刑台，跑到二胡演奏者身边，紧握着他的手，眼含泪水仔细地打量着他。他们俩就这样凝视着对方，久久也不松手。

国王把这个拉二胡的青年叫过来，再次询

问究竟，这才明白事情的原委。于是国王不仅把公主许配给他，还让他继承了自己的王位。这位年轻的新国王创建了一个和平公正的国家，深得国民的拥戴，国家也越来越繁荣昌盛。

可是，这却招致邻国的嫉妒。邻国纠集另外几个国家，制造战端。

老国王和王妃都说要尽快派出军队迎击敌人，可是年轻的国王却没有听从他们的劝告。终于，敌兵大军压境，逼近城门了。

这时，年轻的国王带着公主爬上城堡的高塔，静静地拉起了二胡。二胡的旋律清如流泉，净化着士兵们的心。接着，国王沉着而从容地对士兵们说道：

“听着，士兵们！请抛下刀枪剑戟，回到你们自己的国家去吧。为一场无聊的战争抛弃生命，那是多么愚蠢的事情啊！你们的母亲、妻子、孩子在等着你们回去，请为他们想想吧！”

伴随着他的话语，二胡的旋律变得愈加温和而有力。敌兵们听到后，一个个都丢下武器投降了。而且，回国以后，他们也忘不掉二胡的旋律，再也不愿打仗了。

年轻国王手中的二胡奏出的旋律，让国家之间的争斗、仇恨烟消云散。从那以后，人们都和平友好地生活在一起，永远永远。

吹笛岩

（中国海南岛）

在海南岛的海岸边，并排竖立着两座长得像人一样的岩石。每当海风吹来，岩石就会发出美妙的笛声。

这是为什么呢？岛上的长辈们给我们讲了个这样的故事。

从前，海岸边住着一对贫穷的母子，靠打鱼为生。儿子吹笛子吹得特别好，每天早晨太阳升起来的时候，他都会站在礁岩之上吹笛子。笛声一响，大海里的鱼呀、海贝就会探出头来，听得如痴如醉。人们给这个小伙子取了个外号，叫作“笛手”。

有一天，笛手帮助了一个倒在海边的老人。老人送给他一个竹笋表示感谢。“这个竹笋长大后，就用它做捕鱼的篮子吧。另外，别忘了，还要再做两支笛子。”老人说完这句话就不见了。

笛手把竹笋种在地里，竹笋看着看着就长大了，变成了一棵青翠欲滴的竹子。笛手把竹子砍断，用它编了一个竹篮子，又做了两支笛子。

竹篮子每次扔到海里都能捕来满满一篮子的鱼。就这样，母子俩的日子越来越好过了。可是有一天，竹篮子怎么也捕不到鱼，最终只捞到一个大海贝。没有办法，笛手只得带着这个大海贝回家。

“妈妈，今天怎么也捕不到鱼，只捞到一个大海贝。就这个，您看。”说着，笛手从篮子里取出大海贝。就在这时，大海贝“啪”地张开，一个姑娘从里面跳了出来。姑娘长得非常美，笛手和妈妈都惊得目瞪口呆。

姑娘微笑着说出了自己的身世。原来这个姑娘是海底龙王的公主。公主非常喜欢吹笛子，可是没有谁能教她。有一天，她听到海面上传来的笛声，就变成一条鱼悄悄浮出海面，一看，一个英俊的小伙子正站在礁岩上吹笛子。

笛声悠扬动听，公主听得流连忘返。从那以后，她每天都会浮到海面来听笛声，并且渐渐喜欢上那个吹笛子的小伙子。

可是，龙王却把公主许配给了鳄鱼大臣。就在婚礼的当晚，公主逃了出来。她跑到海贝婶婶那里请求帮助。

海贝婶婶是个热心肠的人，她决心帮助公主实现自己的愿望。海贝婶婶指着一个大大的空贝壳，对公主说："你钻进那个空贝壳里去，我把它放进那个小伙子的竹篮子里。"公主钻进贝壳，就这样来到了笛手的家。

听完公主的话，笛手和他的妈妈都喜不自禁，他们以为从今以后就可以一家三口幸福地生活了。

可是，第二天，大海突然掀起怒涛，电光闪闪，雷声隆隆。一条巨大的鳄鱼浮现在海面上！"鳄鱼来了。快，快把竹篮子放到岸上去！"公主说道。笛手马上把竹篮子放到岸上。

不一会儿，鳄鱼爬上海岸，岸边的竹篮子突然跳起来，像一座小山一样紧紧罩住鳄鱼，鳄鱼被关在里面动弹不得。不久，竹篮子和鳄鱼都变成了一座黄色的石山。

第三天，大海传来震天涛声，滔天浊浪向海岸边滚涌而来。公主静静地注视着大海，脸色变得铁青，说道："不好了！龙王要掀起波涛把村里人卷走。"

海浪就要涌到家门口了。这时，那个笛手

曾经救助过的老爷爷出现了，他对笛手说道：“快，快吹笛子！一刻也不要停！”

笛手马上吹起笛子来，清越的笛声在惊涛骇浪中飘扬。

可是波浪并没有减弱，已经涌进家里了。

笛手还是一刻不停地吹。

这时他们三人都站在海水里了。

公主连忙拿出另一支笛子，合着笛手的节拍也吹了起来。这时，潮涌而来的波浪开始一点点减退了。笛手和公主一起吹着笛子，并肩一步一步地往前走，海浪也一步一步地往后退。他们走到海岸边，海水也退到海岸边。他们两人站到礁岩上继续吹，波浪就一阵一阵地退下去。

他们两人吹着笛子，悠扬的笛声传遍海岸和村寨。喉咙干了，嘴唇也疼了，但是他们一刻也不敢停下来，因为只要他们一停，海浪就又会涌起来。就这样，不论白天还是黑夜，他们都在那里永不停歇地吹笛子。

最终，笛手和公主的笛声战胜了汹涌的海潮，村里的人都很感激。听到他们持续不断的笛声，村民纷纷围过来，向他们表示感谢。可是笛手和公主对他们并不理会，继续吹笛

子。大家再靠过去一看，“啊！”都惊呆了。

原来那已经不是笛手和公主了，而是两座岩石伫立在岸边。海风吹来穿过岩石里的孔洞时，就会发出清脆的笛声。

渔夫们连忙赶去笛手的家，可是他的家已经不见了。当然，笛手和他的妈妈也消失得无影无踪。

有天早晨，一个小伙子对大家说：“我亲眼看到笛手、龙王公主、笛手妈妈和一个老爷爷乘着白云飞走了。他们还高兴地向我招手呢！”

听了小伙子的话，村里人都很高兴。

海岸边的岩石不分昼夜地发出清脆的笛声，大海也总是很平静，渔夫们可以放心地在大海里捕鱼。不知道从什么时候开始，人们把那两座岩石称作“吹笛岩”了。

可怜的恶魔

（瑞典）

很久很久以前，有个农民养了一头母牛。他非常宝贝自己的母牛，春天一到，就牵着母牛去牧场吃草，还对着上天祷告：

“上帝啊，衷心感谢您的保佑。但愿今年您也能保佑我们，让我的母牛吃得饱饱的。”

恶魔在旁边的绿草丛中听到了农民的祈祷，很不高兴。

“人这家伙，一遇到好事就感谢上帝，遇到坏事就归咎到我的头上。混蛋，你等着瞧！”

过了两三天，农民的母牛陷入泥潭里，难以脱身。农民很沮丧，嘴里骂道：“真是倒霉！这准是恶魔在捣蛋！”

“果不其然，又怪到我身上了。”躲在暗处的恶魔嘟哝道。

为了把母牛从泥潭里拉出来，农民只好去找村民帮忙。就在这当儿，恶魔悄然显身，把母牛从泥潭里拉了出来，心里喜滋滋地想道：“这下你总得感谢我了吧！”

不一会儿，农民回来了。看到母牛已经上岸，喜出望外，大声说道："啊，上帝，是您帮我把母牛拉出来的吧？感谢上帝！"

骗过恶魔的伊万

（白俄罗斯）

很久很久以前，有一对老爷爷和老奶奶，他们有三个儿子。一家人穷得叮当响，每天靠勒紧裤带度日。

老奶奶去世后，老爷爷也跟着患了重病。临死前，他把三个儿子叫到跟前，对他们说道："我没有什么东西可以留给你们，只能给你们这些了。"说着，给了大儿子一只黄猫，给了二儿子一套石磨，给最小的儿子伊万的是织草鞋的树皮。

老爷爷死后不久，三个儿子就都想出去见见世面。大儿子抱着黄猫出去找活干，他走啊走，走到天黑时，敲开一户人家的门，央求能留宿一晚。这家人对他说："这位旅客，我家到处都是老鼠，让人不得安生。住在这里，您会被老鼠咬的。"

"不用担心，我会想办法的。"

于是哥哥就与黄猫睡在地板上。第二天早晨，这户人家一家老少都惊得目瞪口呆，因为在地板上，老鼠的尸骸堆积如山，而旁边一只黄色的怪物在那里咕噜咕噜地清喉咙。原来，这个国家的人还没有见过猫这种动物呢。

“这位旅客，求您了，把这个宝贝卖给我们吧！”

“不行，这可不能卖。”哥哥谢绝道。

这件事很快就传了到国王的耳朵里。国王让哥哥住在自己的宫殿里，而那只猫则把宫殿里的老鼠杀得一个也不留。第二天，国王看到堆积如山的老鼠尸骸，恨不得立刻就要得到那只黄猫。

“说吧，你想要什么，我什么都可以给你。但是，你要把那个动物让给我。”

“国王，您要是把银币全部撒到地上，我就把猫送给你。”

国王无奈，只得把自己的银币一个不剩地撒到地上。哥哥把银币全部收起来带回自己的家乡，建了一座漂亮的房子，还娶了媳妇，生活得很幸福。

看到哥哥衣锦还乡，老二扛着石磨出门去寻找自己的幸福。他走啊走，走到天黑时，看到森林的旁边有一座小房子。小房子空无一人，老二决定就在这里住一晚。

夜里，几个小偷走进这座小房子，把偷来的金币堆在地板上准备分赃。就在这时，睡在暗处的老二翻了个身，碰倒了旁边的石磨，“咚”地发出一声巨响。小偷们吓了一大跳，扔下金币就跑了。老二把金币收集起来，带回家乡，也跟他的哥哥一样，生活得很幸福。

老三伊万按捺不住了：“好了，现在该试试我的运气了！”伊万脚穿草鞋，踏上旅程。走着走着，他脚上的草鞋已经破得不能再穿了。

于是，伊万坐在泥潭边劈树皮织草鞋。突然，泥潭里咕嘟咕嘟地冒气泡，一个恶魔钻了出来。

“喂，伊万，你在这儿干什么呀？”

“你一看不就明白了？织草绳呢。”

“织草绳有什么用？”

“把你们这些恶魔从泥潭里捞出来，带到市场上去卖。这个泥潭里恶魔乌泱泱的，一定能大赚一笔呢！”

“等等，等等，伊万，这可不行。只要你不捞我们，你要什么我就给你什么。”

“这样啊，那如果你把金币装满我这个帽

子，我就放过你们。”

“这太简单啦！”

恶魔钻进泥潭去取金币。伊万在地上钻了又细又深的洞，再把穿孔的帽子搁在洞口上。不一会儿，恶魔带着装满金币的袋子回来了。他把金币倒进伊万的帽子里，可是怎么倒也倒不满。

恶魔觉得很奇怪，但是没办法，只得再取一袋金币来。终于，伊万的帽子装满了。

“金币太重，你一个人抬不起来吧。我来帮你吧。”

“没事，不用你帮忙。”

伊万推辞，可是恶魔却不听从。一、二！帽子抬起来了，底下的小洞让恶魔发现了。

“嗯？你骗我！你等着，我去问问我家老大。”

恶魔老大派了一个力气最大的恶魔去对付伊万。这个大力气恶魔跳出泥潭，对伊万说道：“我们来比摔跤。谁赢谁拿金币。”

这下可麻烦了。我怎么能赢下他呢？伊万一边想办法，一边环顾四周，看到对面枞树下坐着一头大熊。伊万对恶魔说道：“可以呀。不过，在和我摔跤之前，你先和我爷爷比试一下吧。你看，我爷爷就坐在那里。”

大力士恶魔朝大熊跑去。

“喂，老头，你过来！”

大熊站起来，一把抓住恶魔，它的力气那个大呀，恶魔根本打不过。费了好大劲儿，恶魔才逃了出来。

“老大，我连伊万的爷爷都打不过，根本不是伊万的对手。”

听了大力士恶魔的报告，恶魔老大这次派了一个腿脚最快的来应付伊万。他跳出泥潭，对伊万说道：“我来跟你比！谁快谁得金币。”

伊万环顾四周，发现灌木丛边有只兔子，就答道：“可以呀。不过，你得先跟我最小的儿子比一比，喏，就在那儿。”

腿脚最快的恶魔立刻朝兔子跑去。兔子看到恶魔跑过来，吓得魂飞魄散，立刻钻进灌木丛里。恶魔拼命在后面追，可是怎么也追不上那只兔子。

恶魔老大不服输，派出一个吹笛高手来与伊万比试。吹笛高手跳出泥潭，对伊万说道：“我们比试吹笛子，谁吹得好谁得金币。”

“可以呀。你先来吧。”伊万答应道。

吹笛高手果然名不虚传，一吹起笛子来，

树木颤抖，落叶飘零。

轮到伊万吹笛子了。伊万对恶魔说道："你最好闭上眼睛。要不然，我一吹笛子，你的眼睛会爬到额头上去。"

吹笛高手大吃一惊，老老实实地紧闭上眼睛，然后说道："好了，你吹吧！"

伊万抓起棍棒，朝着吹笛高手的额头抡过去，吹笛高手踉踉跄跄，差点摔倒在地上。

"这只是小试一把。接下来，我给你吹一个大的。"

"别，别，别吹了。这些金币你拿走，千万别再吹笛子了。"

就这样，伊万扛着一大堆金币高高兴兴地回家乡了。

打虎英雄

（朝鲜半岛）

有个地方有一位特别善于打虎的老爷爷，他的枪口所向，无论老虎多么凶猛、多么灵敏，都无一能逃。所以，虎山上的老虎只要一看到老爷爷的身影，就会慌忙逃回到自己的洞穴里躲起来。

“今天差点就让那个老头子一枪崩掉了。”虎爸擦着冷汗，对它的孩子们说道。就这样，老爷爷的威名传遍虎山，无人不知，无人不晓。

老爷爷越来越老了，他决定把打虎的技法传给儿子。可是儿子生性懒惰，不愿学习，整日里游手好闲，嘴里还振振有词：“枪法学了有什么用，反正这山上的老虎都让您给吓跑了。”老爷爷无可奈何，只好一个人上山打虎。

好在儿媳聪明能干，她是老爷爷心里的安慰。一天，老爷爷突然去世了，这下儿子不得不去自己干活了。没法子，儿子只得上山去砍树卖。

有一次，儿子正在山上砍树，突然一头老虎从一棵大树后面跳出来。活老虎这可是第一次见到，儿子吓得魂飞魄散，瘫坐在地上。

“老……老……老虎大人，求……求您饶过我吧。”

“不行！”老虎舔着舌头说道，“我的一家都让你爸爸杀掉了，这次，轮到我来吃你了。”

儿子战战兢兢地说道：“老……老虎大人，您别急。我反正是要给您吃的，能不能等到明天早晨？我把这些柴火送回家去，要不然我媳妇就会饿死的。”

“嗯，这样的话，行！明天你一定要早点来！”老虎扬长而去。

儿子吓得脸都发绿了，回到家里只是呆呆地盯着天花板，一言不发。媳妇再三问他，他这才把山上遇到的事情讲了出来。

“那你怎么办？”媳妇问道。

“只能等着明天天亮去送死了。”说着，儿子就哭了起来。

可是媳妇却笑嘻嘻地说道：“你去吧。都是你自己造的孽，有什么办法？父亲早就跟你说要传给你打虎枪法，可是你不学呀！”

次日早晨，儿子垂头丧气地上山去。现在就是想跟爸爸学好打虎枪法也为时已晚，更可气的是，媳妇早晨还笑嘻嘻地送他出门！唉，看来只有死路一条了。

儿子磨磨蹭蹭，将近中午才走到昨天的那个地方。

“喂，你迟到了！”老虎张开血盆大口，怒吼道。

“是……是……是的，请听我说……”儿子口里嘟嘟哝哝的，不知说些什么。就在这时，背后的树丛里传来一个声音。“儿子啊，你前面的是柴火还是老虎呀？”儿子转身一看，啊！那不是爸爸端着猎枪站在那里吗？

更吓一跳的是老虎。它连忙缩着脖子，小声地对儿子说道：“快说，是柴火。”

“是柴火，爸爸。”儿子大声答道。

“那你怎么还不赶快把柴火扎起来呀？”老爷爷问道。

“说你一个人扎不起来，过会儿扎。”

“我一个人扎不起来，等会儿扎。”儿子说道。

“那我来帮你吧。”老爷爷说道。

老虎慌了。“叫你爸爸别过来！你一个人扎吧，不过等会儿你可得给我解开。这次我就放过你。”

于是，儿子瑟瑟发抖地绑起老虎来。树后面的爷爷又问道：“是不是绑了很多圈？”

“不是，只绑了一圈。”儿子答道。

“柴火得多绑几圈才行呢。”

“好，绑了五圈了。”

“还不够。再绑！”

儿子又在老虎的身上绑了好多圈。

“现在有几圈了？”

“绑了十五圈。”

“好了，可以了。”

老爷爷收起枪从树丛后面走出来，看着儿子的脸，嘻嘻地笑了起来。

“啊？是你呀？”

儿子又一次瘫坐在地上。也难怪，假扮老爷爷的是自己的媳妇嘛！聪明能干的媳妇救了自己的丈夫，还活捉了一头老虎。

坎奇尔与巨人

（印度尼西亚苏拉威西岛）

小可爱坎奇尔（小鹿）和他的朋友野猪、大熊、快鹿、猛虎一起去捕鱼。他们还在河边建了一座小房子，渔获很多时，就把鱼收藏到屋里的大缸里，洒上盐腌起来。就这样，他们几乎每天都会把鱼放进鱼缸。

可是，他们发现一件奇怪的事，就是不管他们放进多少鱼，鱼缸里的鱼也不见多，甚至还在减少。

“一定有小偷！”

大家七嘴八舌地议论起来，决定当大家去捕鱼时，留一个人看家抓小偷。

“好吧，我来！谁要是胆敢来偷，我就用角刺他。”快鹿说道。于是大家去捕鱼，把快鹿留在小屋里看家。快鹿静静地在家里等着，不久听到了越来越近的脚步声。

“屋里有人吗？”来人问道。

“当然有人。”快鹿说着，走出门来一看，眼前站着一个要抬头才可以看到的巨人。

巨人说："我闻到鱼的味道。我饿了，给我鱼。"

"这鱼是大家的。给了你，大家会骂我的。"快鹿摇头拒绝。

"不给鱼，我就把你吃掉！"

巨人一步跨进屋里来，快鹿吓破了胆，连忙拿出鱼来给他吃，最后还让他带走了几条鱼。傍晚，大家都回来了，快鹿把今天发生的事讲了一遍，野猪自告奋勇，说道："这样，明天我来看家。巨人胆敢再来，我就用獠牙扎他。"

就这样，野猪留下来看家。可是傍晚大家回来一看，跟昨天一样，鱼还是让巨人拿走了。

"你真没用！还是让我来看家吧！巨人敢来，我就用尖利的爪子剥他的皮！"大熊说得气势汹汹，大家就让他留下看家。

"你好！屋里有人吗？"外面巨人问道。

"当然有人。什么事？"大熊答道。

"我肚子饿了，想吃鱼。"

"不给！"

"那我就把你吃了。"

巨人一步跨进屋来，大熊吓得几乎瘫倒。

巨人毫不客气地抱着鱼扬长而去。

“啊，真是看不过去了！我来咬死他！”猛虎说道，决定明天自己留下来看家。可是傍晚大家回来一看，又跟昨天一样，鱼还是被巨人拿走了。见此情景，小可爱坎奇尔难掩失望之情，说道：“你们真是让我失望。明天我来看家！”

第二天大家一出门，坎奇尔就在自己额头上敷了白布躺在床上。巨人来了，问道：“屋里有人吗？”

坎奇尔故意装作痛苦的样子，喘着粗气说道：“有人。是谁呀？你来得正好，快请进。”

巨人一步跨进屋来，看到坎奇尔躺在床上，问道：“你怎么了？看上去很痛苦。”

“是，是的。头痛，痛死我了。”

“为什么会头痛呢？”

“你看看那鱼缸，就是那些鱼的气味造成的。闻到那种气味就会得病。”

巨人看了看鱼缸，“嗯，是很臭。”

“我没说错吧？是不是很恶心？”

“你这么一说，我是觉得有些恶心了。”

“你马上就会得病的，那可就没救了。”

“喂，别说了，你有药吗？”

“没有药。只能像我一样，额头上包着白布，静静地躺着就会好起来。你不试试吗？”

“你帮我弄吧。”

巨人老老实实地躺下来。坎奇尔用白布在巨人的额头上缠了一道又一道，还把白布的一端绑到小屋的柱子上。

“怎么样？是不是感到脚也有点痛？”

“是，好像有点痛。”

坎奇尔又用布把巨人的脚给缠了起来，还用粗绳穿过巨人的双腿，牢牢地绑在地板上。巨人发现自己动弹不得，有点慌了，想要站起来。可是这时全身已经被绑得结结实实的，身不由己了。

坎奇尔一屁股坐到巨人跟前，笑嘻嘻地说道：“你能赢下猛虎、大熊，可是你赢不了我！”

这时，大家陆陆续续都回来了，看到屋里的情形，惊喜万分。大家对着巨人你一拳我一脚，巨人偷了多少条鱼，他们就打多少次。可是巨人偷的鱼实在是太多了，挨不过这么多打，终于身子一挺，死了。

放牛郎与法官

（波黑塞族共和国）

一个穷人被有钱的法官雇用，当了个放牛郎。放牛郎自己也有一头牛，骨瘦如柴的。放牛郎经常牵着它与主人的牛一起去牧场吃草。

有一天，不知道因为什么，主人的牛与放牛郎的牛打了起来。结果，看上去骨瘦如柴、弱不禁风的放牛郎的牛竟然把主人家的牛给杀死了。放牛郎赶忙跑到法官那里。

“啊，仁慈的法官大人，发生大事了，恳请您的公平裁决。”

“好的。你说说，什么事？”

“是这样的。今天，在牧场上，大人您的牛与小人的牛打架，结果把小人的牛给杀死了。不知道上帝会怎样惩罚犯罪的牛？”

“等等，等等。请从头说起。我的牛蹬了你的牛？”

“没有，大人。”

“我的牛在走过去的时候，你的牛是不是

“哞”地鸣叫了？”

“是的，大人。”

“那么请对上帝发誓，要说真话。你的牛激怒了我的牛，是不是？”

“这我可不知道，大人。我不知道牛为什么会哞地叫起来。”

“那么，也就是说，你不知道是哪头牛的错，是不是？”

“是的，大人。”

“既然不知道是谁的错，当然也就不能惩罚哪头牛。我们人怎么能审判动物呢？”

“您说得真对，大人！非常感谢您公平的裁决。不过……”

“怎么，还有事吗？”

“大人，我想起来了，我记错了，实际上是我的牛杀死了大人您的牛。”

“你说什么？是吗？那我要从法典上查查，看看上帝会怎样惩罚你的牛。”

“哎，大人，既然您的牛可以不受惩罚，那我的牛也应该免受惩罚呀。您认为，人能裁决动物吗？”

摘月亮

（冰岛）

这个故事发生在某天晚上。

在冰岛的一个村子里，人们发现月亮就悬挂在南边的山顶上，只要爬到山顶就能把月亮抱回来。

如果在漫长的冬天有个月亮在身边，那是多么美、多么令人高兴的事啊！而且，还可以节省很多灯油。因为月亮那么大，那么明亮，也一定能把村子照亮。于是，村子里的人聚在一起商量，要去山顶上把月亮摘回来。

可是当他们爬到山顶一看，月亮竟然不在山上，而是跑到更南边的山顶上去了，无论他们的胳膊怎么伸也够不着。就这样空着手回村子里去，谁都觉得脸上无光，因此他们加快步伐，朝那座更高的山峰跑去，一定要把月亮带回去。他们从山顶上下来，抬头一看，月亮也落到那座高山的山腰了。这下应该更容易抓到月亮了！他们高兴得不得了，竭尽全力朝山腰跑去。

可是当他们跑到山腰时，月亮又升到山顶了。而当他们爬到山顶时，月亮又跑到更南边的山顶上去了。大家觉得月亮也许是害怕自己，于是他们从这座山悄悄地爬到另一座山，轻声地呼唤道：

月亮，月亮，
请到我的口袋来。
黄油面包你随便吃。

可是月亮并不跳到他们的口袋里来吃黄油面包，而是自顾自地走自己的路，把光明送给所有的人。

最终，村民们跑得精疲力竭，回到村子。不用说，他们也没有把月亮带回来。

聪明的草原狼

（美国）

一天，响尾蛇被岩石夹住，动弹不得。恰在这时，一只野鸭从这里经过。

“野鸭先生，请你救救我，帮我把这块岩石推开吧。”响尾蛇哀求道。

“好的，好的。举手之劳。”

野鸭用他结实的胸部推开岩石，刚出现一道缝，响尾蛇就“唰”地滑了出来，挡在野鸭的面前。

“这岩石夹了我半天，肚子早就饿得咕咕叫了。你就当我的一顿美餐吧。”响尾蛇吐出血红的、长长的信子，舔着嘴巴说道。

野鸭吓得两腿僵直，一动也不敢动。不过，最终他还是鼓起勇气说道：“那可不行！无论怎样，你可不能干这种缺德的事啊。”

“为什么是缺德的事？”响尾蛇问道。

“你想想，是我救下你的呀！通常你应该感谢我才对呀。”

“啊呀，有句话说好心不得好报，你不知

道吗？”

“啊？这句话我还是第一次听到。那么，究竟是你说的对还是我说的对，我们找个人来裁决吧。”野鸭说道。

“好，就依你。谁都会赞成我说的是对的。”

于是，野鸭和响尾蛇一起往前走，响尾蛇紧紧地贴在野鸭的身边。不一会儿，他们遇到一头驴。

“正好，你去问问他吧，问他是不是好心没好报。”

听到响尾蛇这么说，野鸭只好去问驴。驴一听，立即附和道：“嗯，说得太对了！好心总是得不到好报。你看我，我在人间无论寒冬还是酷暑，总是任劳任怨，勤勤恳恳。可是结果怎样呢？就像你们看见的，我年老力衰，背脊疼得要命，再也不能帮主人干活了，主人竟然说要把我饿死！你做了再多的好事，也得不到好报的。”

野鸭吃了一惊，连忙说：“一个人的说法不算数。我们再问一个人吧。”

“好，就依你，问谁都行。”响尾蛇笑了。

过了一会儿，他们遇到一头牛。

“啊，正好，你去问牛吧，问他是不是好心没好报。”

野鸭一问，牛说道：“你看我，我为主人不知干了多少年活儿。无论多么劳累，我都忍着，从不偷懒。可是一到我年老力衰，你知道主人怎么对待我吗？他只让我吃草。你以为那是让我享福就大错特错了。他是想让我吃胖一些再卖给肉铺呢！好心没有好报，这是千真万确的。”

“驴和牛都是服侍人的动物，所以他们才说同样的话。我们去问一个不被人类驯服的伙伴吧。哎，你看，草原狼从那边过来了，我们去问问他吧。”

“你以为草原狼会帮你吗？”响尾蛇紧随着野鸭，说道。

当草原狼走近时，响尾蛇把野鸭的事情说了一遍，问他是怎么想的。草原狼挠着后耳根，想了一会儿，说道：“野鸭救你的时候，你是在哪儿？是个什么样子？不看实际情况，我什么也不好说。”

野鸭一听，暗自放下心来。

“没问题，我带你去。”响尾蛇说着，带领草原狼回到那块岩石旁边。

“蛇先生，请你躺下。野鸭先生没推岩石前，你是什么样子的？”草原狼问道。

响尾蛇刚伸直身子躺下，草原狼立马推动岩石压住响尾蛇的头部。

“是这样的吗？”

“嗯，是的，是这样的。”响尾蛇答道。

“那好，你就在这里这样压住吧。你不是说好心没有好报吗？那要是有了坏心，做了坏事，结果会怎样，这下你明白了吗？”

王

农民智斗阎王（中国）

从前，中国有祭祀阎王的节日。这一天到来时，村人们就要向阎王供奉祭品。他们相信，只有这样，阎王才会高兴，对他们做点好事。

不过，阎王总是贪得无厌。祭品多时就高高兴兴的，祭品少了就嘴角撇成八字，眼珠子都快瞪了出来：“哼，岂有此理！是哪个小气鬼舍不得送祭品啊？”

阎王让手下的小鬼去打探谁是大方客，谁是小气鬼。白天，小鬼躲在庙堂的一侧盯着来供奉祭品的人们。一到晚上，小鬼就对阎王报告说：“还是有钱人出手大方，他们会将猪羊整头送过来。只有那个经常到庙堂来的农民最吝啬，供的只是豆腐和米饭。”

阎王一听，怒火中烧：“这个穷光蛋！我要让他瞧瞧我的厉害！”

小鬼附和道：“您就施一个头轻脚重的魔法，让他的水稻不结穗，怎么样？”

阎王很中意："好！我要让他秋天打不出一粒米来！"

可是有一个人听到了阎王与小鬼的对话，他就是这个阎王庙的看门老爷爷。老爷爷把阎王和小鬼说的话告诉了农民，农民笑着说道："头轻脚重？好，我有办法。我不种水稻，改种红薯吧。"立即在田地里种上红薯。

小鬼来到地头，不停地念着咒语："这里的庄稼头轻轻的，脚重重的！这里的庄稼头轻轻的，脚重重的！"

你猜怎么着，地里的红薯一个个长得又大又胖，到了收获的时候，农民的收成比往年多了好几倍。

见此情景，小鬼大吃一惊，连忙跑到阎王那里去报告。

"你这个没用的东西！连这点事情都做不好？"阎王瞪着金鱼似的眼睛，大骂道。

"是，小的下次不敢了。我这次给他施个中间重两头轻的魔咒，让他一个红薯也收不着。"

阎王和小鬼的话又让看门的老爷爷听到了，他马上告诉了农民。农民这次决定种玉米。

小鬼来到地头，对着庄稼念咒语："这里的庄稼两头轻轻的，中间重重的。"

地里的玉米苗眼看着就长了出来，越长越高，越长越壮，中间的玉米更是又大又胖，比人的脚还要大。这年的收获比往年多了好几十倍，农民吃不完，挑到市场上去卖，还置办了新衣裳。

见此情景，小鬼又大吃一惊，连忙跑到阎王那里去报告。

"你这个蠢货！好吧！那就让他明年的庄稼从头到脚长得跟大树似的，看他吃什么！"阎王已是怒不可遏了。

看门的老爷爷又把阎王的话通报给了农民。农民喜上心头："正好！那我就种甘蔗！"于是，在田地里全部种上甘蔗。

小鬼们蜂拥着来到田间地头，对着地里的庄稼念咒语："地里的庄稼从上到下一般粗！地里的庄稼从上到下一般粗！"

地里的甘蔗苗齐刷刷地长了出来，眼看着就如一棵棵大树似的，密密齐齐。从甘蔗林旁边经过的人都会羡慕不已："这是谁家的甘蔗啊？长得这么好！"

农民卖了甘蔗，赚了一大笔钱。

见此情景，阎王再也无法饶恕小鬼们的疏忽了，在他们的屁股上各打了五十大板。小鬼们哭着求饶：“大王，请饶恕我们吧。小的们再也不敢偷懒了。最后一次，我们让他的庄稼头重脚轻，颗粒无收，看他服不服。”

看门的老爷爷又把他们的话告诉给了农民。农民喜滋滋地说道：“那，这次我就种水稻。”农民把所有的田地都种上水稻。

小鬼们蜂拥到田间地头，不停地念叨：“这里的庄稼头重脚轻！这里的庄稼头重脚轻！”

你猜怎么着？田地里的稻穗长得又密又实，压得水稻都低下了头。这一年，农民收获了许许多多的稻谷，除了自己吃的，余下的拿出去卖，赚了很多钱，成为富翁，还建了一座漂亮的新房子。

不过，就在新房落成的那个晚上，村边的那座庙堂里喧闹不止。阎王的呵斥声、啪啪的打屁股声，还有小鬼们的呻吟声，响了整整一个晚上。

田螺王子

（马来西亚）

一个几乎被世间遗忘的寂寞的村子里，住着一个老爷爷和他的儿媳妇。老爷爷的儿子因为突然得病，刚刚去世不久。现在，他们两人唯一的期盼就是即将生下来的孩子。

不久，孩子生下来了。不过这个孩子不是一个婴儿，而是一只田螺，就是水田里人们常见的那种田螺。

这个意外的打击，让儿媳妇整日以泪洗面。见此情形，老爷爷就说："别伤心了，这样对身体不好。干脆，我们把这只田螺扔了吧。"老爷爷拿着田螺，要把它扔到村外的水田里。

"可怜的孩子啊，你要是个婴儿该多好啊……你还是回到你的伙伴中间，跟它们一起好好过日子吧。"说着，老爷爷就把田螺放进了水田里。

就这样，他们虽然扔掉了田螺，可是悲伤却一点也没有减少。这一晚他们都睡不着觉，一直哭到天亮。

第二天早晨，儿媳突然发现在自己的枕头边趴着一只田螺。“啊，孩子，你是怎么回来的呀！”说着，她把田螺紧紧抱在怀里。这只田螺一定是花了一个晚上的工夫，从遥远的水田一步一步地爬过来的。老爷爷也深受感动，哗啦哗啦地直流眼泪。

“妈妈，别再不要我了。”突然，田螺说话了。

“是的，孩子。妈妈再也不扔你了，不扔你了。可是，孩子，妈妈该怎样养育你呢？”

“把我放到水缸边就行了。”

于是，老爷爷和田螺妈妈就把田螺放到院子里的水缸边。

一天，老爷爷要到街上去。

“爷爷，您带我去吧。”田螺说道。

“你走得那么慢，我怎么带你去呢？”

“您把我放到篮子里吧。”

“这倒也是。”

老爷爷把田螺放进篮子里，一边走，一边小心翼翼地不让田螺掉下去。在街上买完东西回家的时候，篮子里的田螺大声喊道：“爷爷，我要买那只癞毛狗。”

老爷爷一看，附近正好有家卖狗的商店。犬舍里有好些可爱的小狗，可是田螺想要的，却是那条全身长满疮疖、瘦骨嶙峋的癞毛狗。不过，最终老爷爷还是听从了可爱的孙子的话，将这条癞毛狗买了下来。

“妈妈，这条小狗是我从前的朋友。今后就叫它‘大臣’吧。”田螺得意地说道。

“它是‘大臣’？”爷爷大吃一惊。

“你生下来才不久，哪有什么从前的朋友……这究竟是怎么回事？”妈妈也感到很奇怪。

“我说的是真的。不过现在我还不能告诉你们原因。给‘大臣’喂点水喝就行了。”

田螺说的事太离奇了，老爷爷和妈妈都惊得目瞪口呆。不过，这种离奇古怪的事还没有完。

第二天，田螺又和爷爷一起上街，这次央求爷爷买了一只独眼小猫回来。

“妈妈，我把‘将军’带回来了。”田螺得意地说道。

这只“将军”和“大臣”一样，只喝一点水，什么东西也不吃。这两只猫狗绝对服从田螺的命令，而且时刻保护着田螺，从不离开半步。

就这样，眨眼间一年过去了。

田螺和它的“大臣”、“将军”仍然在水缸边共同生活，和睦友好。时不时地，它们会嘀嘀咕咕地说话，但是谁也不知道它们在说些什么。一天傍晚，妈妈正在准备晚饭时，“大臣”跑了过来，一边汪汪地叫着，一边咬着妈妈的衣角往外拉。

“啊，知道了知道了，孩子有事叫我了。”妈妈说着，来到田螺身边。田螺有事时，总是这样让“大臣”或“将军”去叫妈妈。

“妈妈，”田螺看着妈妈，提出了一个惊人的要求，“我一个人很孤单，请替我娶个媳妇吧。”

“媳妇？”

“是的，我定下来了，我要娶国王的公主为妻。公主很漂亮，美若天仙。请您派谁去国王那里求亲吧。”

妈妈不知道该怎么办，就跟爷爷商量。两个人也没有办法，只好按照田螺说的去做，请求隔壁的老奶奶去向国王求亲。老奶奶不辞辛苦赶往京城，求见国王，对国王说道：“国王陛下，我是来为公主做媒，替她说一门亲

事的。”

“哦，那你辛苦了。你要介绍的是哪个国家的王子，还是贵族？”

“不是，既不是王子，也不是贵族，是我隔壁家的小田螺。”

“什么？田螺？你这蠢老太婆，竟敢侮辱我？好吧，你回去告诉它，我限它三日之内，把老虎泪、返老还童草、金麻雀作为娶亲的礼物送过来，否则我杀无赦！”国王挥舞着拳头，怒不可遏。老奶奶吓得面如土灰，慌慌忙忙地回到村子。

“这可不得了了！”

老爷爷和妈妈听了老奶奶的话，也吓得面如土灰。他们心惊胆颤地把事情的经过告诉给了田螺，田螺却一点也不担心，说道：“这样的话，你们一点也不用担心。”然后它把“大臣”和“将军”叫过来，嘀嘀咕咕地商量了一阵子，就对老爷爷和妈妈说：“我这就去找老虎的眼泪，很快就会回来的。”

说罢，田螺跳到“大臣”的背上，带着“将军”出发了。小狗和小猫一走出村子，就像飞一样地跑了起来，转眼之间就到达南边的大山里了。

山腰上有一个巨大的虎穴。狗和猫把田螺驮到虎穴的入口处放下后，就迅速躲了起来。田螺慢慢地往里爬。洞穴里面一只大老虎正在酣睡。田螺轻轻地爬到老虎头上，在它闭着的眼皮上挠痒痒。

就在老虎睁开眼睑之际，田螺迅速跳进老虎的眼睛里。这个疼啊，疼得老虎眼泪直流。田螺连忙吸进老虎的眼泪，一个翻身滚落在地面。老虎跑出洞外去洗眼睛，狗和猫立刻冲进来，背上田螺飞也似的跑回家了。

第二天，“大臣”按照田螺的吩咐，从山里找回了返老还童草。“将军”也捕到了金麻雀。

第三天，妈妈把这三样聘礼交给隔壁的老奶奶，请她送给国王。事已至此，国王再也无法拒绝。不过，他还是想把婚礼办得尽量富丽豪华，让那个丑陋的田螺蒙受羞辱。

国王分派一辆黄金马车和一支千人的骑兵队去迎接田螺。在田螺家，爷爷和妈妈心绪不宁，惊惶不安。狗和猫把田螺送上马车，自己也分别坐在它的两边。

这支队伍在音乐的伴奏下，朝着国王的城堡进发。城堡的广场上，全国的人都聚了过来，都想看一眼这个稀奇的新郎。城堡的正面，整齐地排列着大臣和军人。黄金马车缓缓地驶了过来。

此时，祝贺的礼炮声震耳欲聋，音乐也声震云霄。马车静静地停下来，成千上万双眼睛都注视着马车。一位大臣走进马车，打开车门。

“啊！这是多么……”大臣惊叫起来，“这是世界上最英俊的王子！”

马车里走出来的是一位英俊得让人目眩的年轻王子。陪伴在他身边的是两位威武挺拔的大臣和将军。他们三人看上去比这城堡里的任何人都高雅气派。

公主很高兴地迎接这位王子。国王的算计没有得逞，心里很不好受。王妃对这位英俊的王子很中意。

不过，最感到惊奇的是一起跟来的老爷爷和妈妈。他们完全搞不明白这是怎么回事，只是一个劲儿地擦眼泪。

后来，不知什么时候，田螺的传说消失了。只有公主嫁了一位英俊潇洒的王子这个故事永远留在人们的记忆里。

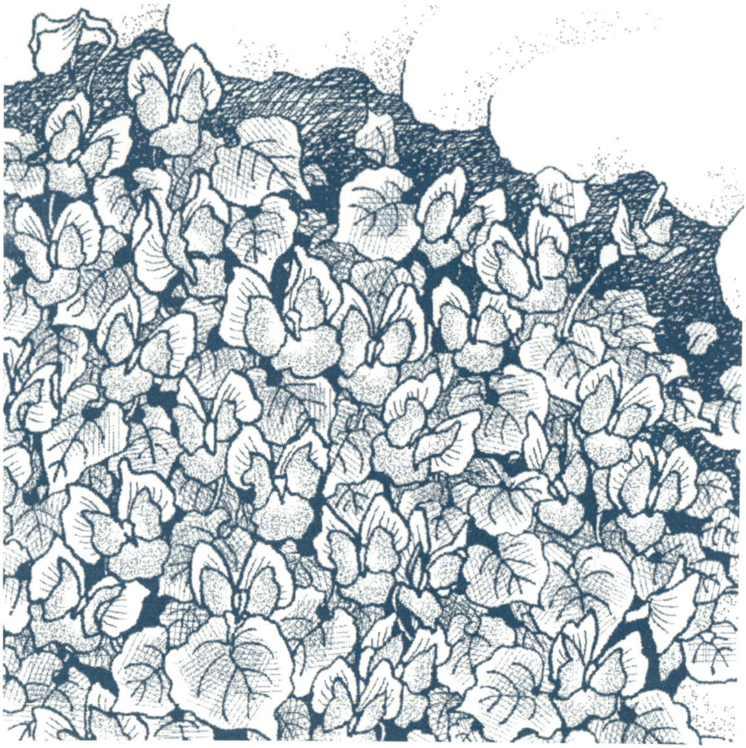

玛茜卡与十二月

（斯洛伐克）

从前，有一个女人有两个女儿，她们分别是亲生女儿霍莉安娜和养女玛茜卡。

霍莉安娜任性、刻薄、懒惰，整日里只想着化妆打扮，游手好闲。而玛茜卡却大不同，她温和、体贴、勤劳，一天总是从早干到晚。

可是尽管如此，妈妈却只宠着霍莉安娜，不喜欢玛茜卡。妈妈尤其不能忍受的一点是，玛茜卡拥有霍莉安娜所不可比拟的美貌，因此一有机会就大声训斥玛茜卡，把她当牛马使唤。

不过，玛茜卡却毫不在意，仍然一刻也不休息地干活。越干活，玛茜卡就变得越美丽。相反，霍莉安娜不管穿上多么漂亮的衣裳，却变得越来越丑。

见此情景，妈妈心里想：玛茜卡不能再留在这个家里了，她将来一定会把霍莉安娜的丈夫拐走的。于是，妈妈和霍莉安娜一起开始琢磨怎么把玛茜卡赶走。

新年刚过，天寒地冻。有一天，霍莉安娜突然对玛茜卡说：“我想闻紫罗兰的香味了。玛茜卡，你去森林里摘一束紫罗兰来吧，我想把它装饰在发带上。”

“啊，姐姐，我从没听说过这大冬天的，会有紫罗兰开花。”玛茜卡吃惊地答道。

“你说什么呀？难道你不想听从我的吩咐吗？”霍莉安娜怒喝道，“现在，你马上就去！摘不到紫罗兰，你就别回这个家！”

妈妈把玛茜卡从屋里赶了出去，还锁上了门。

玛茜卡哭着走进森林，森林里白雪茫茫，一个人影也没有。玛茜卡在森林里四处寻找，可是怎么找也不可能找到盛开的紫罗兰。冻得浑身发抖的玛茜卡祈求道：“上帝啊，请救救我吧！求您把我带到天堂去吧！”这时，她突然看到有火光闪烁。玛茜卡打起精神，朝着有火光的地方走去。

一座小山岗上，一堆篝火在熊熊燃烧。篝火的周围摆放着十二座岩石，坐着十二个男子。原来他们是一至十二月。冬天的月份是几个留着长长的白胡子的老爷爷，秋月至夏月越来越年轻，到了春月则是英俊的小伙子。

一月坐在最高的岩石上。

玛茜卡毅然走了过去，对他们说："请让我烤烤火吧，我快要冻死了。"

十二个月份让玛茜卡过来烤火。一月问道："小姑娘，你怎么一个人走到这么寒冷的森林里来了？"

"我是来摘紫罗兰的。"玛茜卡答道。

"现在可不是摘紫罗兰的时候呀。"

"我知道。可是，我姐姐和妈妈一定要让我来摘紫罗兰。要是摘不到的话，就不让我回家。你们知道在哪儿能摘到紫罗兰吗？"

十二个月份都非常同情玛茜卡。一月爷爷站了起来，对最年轻的月份说道："三月兄弟，你到我的位置上坐一会儿吧。"

三月坐到最高的岩石上，拿着手杖在篝火上挥舞，不一会儿，火花升腾，冰雪融化，草木发芽，山毛榉树下，绿草郁郁，朵朵花蕾随风摇曳。

春天来了，大地披上绿色的盛装。茂密的树荫下，紫罗兰娇然盛开。

"快，快摘花，玛茜卡，快摘花。"三月催促道。

玛茜卡高兴极了，不一会儿就摘了一大束

紫罗兰。玛茜卡对十二个月份再三道谢后回家了。

看到玛茜卡抱着一大束紫罗兰回来，你不知道霍莉安娜和妈妈有多吃惊。玛茜卡一进屋，房间里瞬间充满了紫罗兰的花香。

“你是在哪里摘到这些鲜花的？”霍莉安娜心有不甘地问道。

“在森林里的那座小山岗上，四处都开满了鲜花。”玛茜卡回答道。

第二天，霍莉安娜突然想吃草莓了。

“玛茜卡，到森林去给我摘些草莓来。”

“啊？这大雪天，从没听说在哪里可以摘到草莓呀。”

“你说什么呀？难道你不想听从我的吩咐吗？现在，你马上就去！摘不到草莓，你就别回这个家！”霍莉安娜威胁道。

玛茜卡又被赶到雪地里。她一边哭着一边朝森林里走去。森林里积了一层厚厚的白雪，一个人的影子也看不见。这里是不可能找到草莓的。玛茜卡冻得全身发抖。

就在这时，就跟昨天一样，远处闪烁着火光。玛茜卡打起精神，走到了篝火旁。篝火熊熊燃烧，非常温暖。

“小姑娘，你怎么又来了？”一月问道。

“我来摘草莓。”玛茜卡答道。

“现在可是寒冬，雪地里可不会有草莓的。”

“我知道。可是我要是找不到草莓，就不能回家。哪里才能找到草莓呢？”

一月站起来。对坐在正对面的月份说：“六月兄弟，你到我这里来坐一会儿吧。”

六月爬上最高的岩石，拿着手杖在篝火上挥舞。火焰腾地升起，篝火比原来的三倍还大。雪水融化，绿叶葱郁，小鸟在枝头跳来跳去，鲜花开满山坡。夏天来了。

绿草丛中，一朵朵小白花像一颗颗小星星镶嵌在绿草地上，小白花眼看着变成草莓，红红的，熟透了。

“快，快，草莓，玛茜卡，快摘草莓。”好心的六月催促道。

玛茜卡摘了满满一围兜，然后对十二个月份再三感谢后回家了。

看到玛茜卡健健康康地带着满满一围兜草莓回来，霍莉安娜和妈妈惊呆了。玛茜卡一进屋，房间里就充满了草莓的果香。

“草莓究竟是从哪里摘到的？”霍莉安娜

生气地问道。

“在森林里的那座小山岗上，四处都长满了草莓。”玛茜卡回答道。霍莉安娜和妈妈把那一围兜草莓全吃光了，一个也不留给玛茜卡。

第二天，霍莉安娜又想吃苹果了。

“玛茜卡，到森林里去给我摘些苹果来。”

“啊？这大雪天，从没听说在哪里可以摘到苹果。”

“你说什么呀？难道你不想听从我的吩咐吗？现在，你马上就去！摘不到苹果，你就别回这个家！”霍莉安娜威胁道。

玛茜卡又被霍莉安娜和妈妈赶到雪地里。她一边哭着一边朝森林里走去。森林里积了一层厚厚的白雪，一个人的影子也看不见。无论怎么找，她也不可能在这样的地方找到苹果的。玛茜卡冻得迈不开步子。

这时她又突然看到森林深处的那团篝火。玛茜卡振作精神，朝那团篝火走去。呼呼燃烧的篝火周围，坐着十二个月份。

“十二月老爷爷，能让我烤烤火吗？”

十二月和蔼地让玛茜卡坐到篝火旁。

“小姑娘，你怎么又来了？”一月问道。

“我来找苹果。”玛茜卡答道。

“现在是寒冬，不可能有苹果的。”

“我知道。不过，霍莉安娜和妈妈让我必须带苹果回去。求求你们了，请再帮我一次吧。”

一月站起来，将手杖交给九月。

“九月兄弟，你到我这里坐一会儿吧。”

九月爬上高高的岩石，挥舞手杖，火焰腾地升起来，火光四射，雪水融化。不过，这次不是葱郁的绿叶，而是稀疏的黄叶，飘落在地面上。

秋天来了。玛茜卡抬头一看，高高的苹果树上长着红红的大苹果。

“玛茜卡，快，快摇树。”九月催促道。

玛茜卡用力摇动苹果树，一个苹果掉落下来。玛茜卡又摇一下，又一个苹果掉下来。

“好了，快捡起来，回家吧。”九月叫道。

玛茜卡拾起两个苹果，向十二月份道谢后就急忙回家了。

看到玛茜卡带着苹果回来，霍莉安娜和妈妈惊得目瞪口呆。玛茜卡一进屋，房间里就充满着苹果的香味。

“你究竟是在哪里找到苹果的？”霍莉安

娜问道。

“在森林里的那座小山上，长着很多苹果。”玛茜卡答道。

一听说有很多苹果，霍莉安娜就扑了过来：“你这个人！你怎么不多带些回来呢？是不是都让你在路上吃掉了？”

“我没吃。我只带回来两个。”玛茜卡说道。

“你去死吧！”霍莉安娜和妈妈抓起棍棒就要打玛茜卡，玛茜卡连忙跑到厨房的烟道里躲起来。

馋嘴的霍莉安娜停止追赶玛茜卡，吃起苹果来。这么美味的苹果，她有生以来还是第一次吃到。

“妈妈，快给我一个袋子，我自己去，我要把那里的苹果全摘回来。魔鬼什么的，我不怕。”霍莉安娜大声叫道。

妈妈赶紧劝阻她，可是没有用。霍莉安娜准备就绪之后，就带着袋子向森林跑去。森林里白雪茫茫，什么也没有。霍莉安娜四处寻找，就是找不到苹果。

这时，突然，霍莉安娜看到远处的火光。她朝着火光走去，来到了篝火旁。篝火周围坐着十二个月份。霍莉安娜一个招呼也不打，就伸手烤火。

“你是来干什么的？”一月生气地问道。

“傻老头子，我要干什么跟你有什么关系。”霍莉安娜态度蛮横，说完转身走了。

一月气得脸都歪了，他高举起手杖，在空中挥舞。不一会儿，空中乌云密布，篝火熄灭。接着寒风呼啸，大雪纷飞。霍莉安娜进退两难，很快就被大雪淹没了。

妈妈左等右等也不见霍莉安娜回来，就到森林里去寻找。大雪越下越大，大风越刮越猛。不久妈妈也被大雪淹没了。玛茜卡一直等着霍莉安娜和妈妈，可是她们再也没能回来。

玛茜卡成了这个家、院子、田地和牛的主人。当春天来临时，她还与一个长得跟三月一样英俊高大的小伙子结了婚，永远幸福地生活在一起。